AF463479

LES
VRAIS BARBARES.

Les Barbares qui menacent la société ne sont point au Caucase : ils sont dans les faubourgs de nos villes manufacturières.
(Thème des *Débats*, 8 décembre.)

Les Barbares qui menacent la société ne sont point en Écosse : ils sont dans les quartiers de l'oligarchie, de l'agiocratie.
(*Variante de l'auteur*, 12 décembre.)

PARIS,
A. PIHAN DELAFOREST,
IMPRIMEUR DE LA COUR DE CASSATION,
rue des Noyers, n° 37.
1831.

Allez donc: hâtez-vous : pressez vos pas vers l'abîme qui fut creusé par vos mains!

« Un jour ou l'autre, l'ordre social sera bouleversé de fond en comble. L'Europe passera sous le coup des vicissitudes subies par l'Amérique.

« Il n'y a moyen que d'adoucir quelque peu le passage, que d'ajourner peut-être l'époque de la subversion politique. » (*Du dénouement de la crise*, décembre 1829.)

Il y avait moyen alors, il y aurait moyen à présent; mais pour qui savait, pour qui saurait.

Or de même, la fatalité possède, et pousse sur les voies funestes, et mène à la perdition finale.

Voilà qu'ils ont fait une révolution sans l'entendre, et voici qu'ils n'entendent pas la révolution ainsi faite.

L'un suit l'autre en raison, en justice: le sens manque après comme avant; la peine ne manque pas à la faute.

Un sort est jeté. Chaque parole, chaque acte, en apparence libre et volontaire, est prescrit d'en haut, est commandé à l'insu.

Les malheureux sont faits les artisans de leur ruine.

Qu'ils périssent donc! peu importe.

Auprès de tant de millions d'hommes immolés depuis quarante ans, quelques centaines d'êtres, si vains qu'ils soient, ne comptent même pas.

Mais que deviendrait l'autorité passée à leur ordre, la société mise à leur suite? C'est ce qui épouvante.

Encore, il faut tenter de les sauver d'eux-mêmes, si tout doit se perdre avec eux.

ARTICLE (8 déc.)

C'est un feu roulant. La presse et la tribune se succèdent : le lot de la plume est de faire de la théorie ; celui de la langue est de faire de la pratique.

Commençons par la presse.

« La sédition de Lyon a révélé un grave secret ; celui de la lutte intestine qui a lieu dans la société entre la classe qui possède et celle qui ne possède pas. »

Un secret pour les sourds et les aveugles, si ce n'est de corps, au moins d'esprit.

Car pour quiconque était habile à relever ses paupières ou à entrouvrir ses ouies, il a été dit de quoi instruire, autant que s'y prêtait l'intelligence (1).

« Qui peut répondre de la tranquillité publique ? Chaque passion, chaque misère, chaque ressentiment a, sous la main, un fusil pour se satisfaire....

« Le fabricant vit, comme les colons au milieu de leurs *esclaves*, un contre cent : et la sédition de Lyon est une espèce d'insurrection de St.-Domingue....

« Ils sont les plus forts, les plus nombreux : ils souf-

---

(1) Voir *La limite de l'impôt*, *les Conditions de l'impôt*, etc., 1829 ; et *la Loi des circonstances*, *les Périls du temps*, *les Nécessités de l'époque*, 1830.

frent horriblement de la misère. Comment ne seraient-ils pas tentés d'envahir la *bourgeoisie* ?....

« Une population de prolétaires s'agite et frémit. Elle est mal : elle veut changer : c'est de là que peuvent sortir les *barbares* qui détruiront la société moderne. »

Mille et mille fois trop juste exorde.

Mais ici, il n'y a pas à dire : belle péroraison, et digne de l'exorde.

Un faux jugement a trahi le sentiment le plus vrai.

« Ce qu'il y a de triste, c'est qu'on ne peut pas se mettre à l'abri du danger avec de bons sentimens, et de bons procédés. »

Le parti est bientôt pris.

« Il est nécessaire que la classe moyenne comprenne bien ses intérêts et son devoir ; il faut qu'elle évite avec un égal soin, d'être *dupe* ou d'être cruelle....

« D'être *dupe*, disons-nous : elle le serait, si, éprise de je ne sais quels principes démagogiques, elle donnait follement des armes et des droits à ses *ennemis* ;

« Si elle laissait entrer le flot des prolétaires dans la garde nationale, dans les institutions municipales, dans les lois électorales, dans tout ce qui est l'Etat.

« Il serait bien temps vraiment de vouloir repousser *l'ennemi*, après l'avoir reçu dans la place....

« On peut fort bien aimer mieux un président électif qu'un roi ; mais ne pas vouloir cependant que la société soit mise *sens dessus dessous*, et que la *queue* prenne la place de la *tête*....

« C'est aller contre le maintien de la société, que de

donner des droits politiques et des armes nationales à qui n'a rien à défendre, et tout à prendre.

« Voilà ce que la classe moyenne doit comprendre : sinon elle est *dupe*, et conspire elle-même à sa ruine. Elle fait avec ses *barbares*, ce que l'empire romain faisait avec les siens....

« Ne donnons point de droits politiques ni d'armes nationales à qui ne possède rien....

« Point de droits politiques, encore une fois, hors de la propriété et de l'industrie....

« La société moderne périra par les prolétaires, si elle en fait des citoyens actifs et armés, avant d'en avoir fait des propriétaires. »

Voilà bien la politique du soi-disant libéralisme : auquel il n'échappe à travers cent cinquante lignes vouées à la haine, à la colère, à la terreur, qu'une seule ligne dictée par la justice et la prudence.

« Allégeons autant que possible les impôts qui pèsent sur les prolétaires. »

Laquelle promesse ajustée à l'effet de calmer l'indignation, se voit aussitôt reprise et retirée, par le discours d'un frère et ami.

Or que dire de la diatribe ? Est-ce bêtise pure et simple. On voudrait le croire.

Est-ce orgueil, hauteur, vanité ? Ce ne serait que bêtise encore, et à un plus haut degré.

Décrivons le champ du combat, la force des armées.

La force ? Ici un, et là cent.

Le champ? Rien moins que la vie.

L'issue? Pas l'ombre du doute.

Aussi un mortel pressentiment absorbe, obsède ; s'exprimant comme à l'insu de la volonté, par des mots saccadés, entrecoupés.

« Esclaves! Barbares, barbares! Ennemis, ennemis! Prolétaires, prolétaires, prolétaires.

« Et, insurrection de St.-Domingue, catastrophe de l'empire romain, société moderne détruite, société moderne périssant.

« Et, bourgeoisie envahie, classe moyenne dupe, trois fois dupe, société mise sens dessus dessous, la queue prenant la place de la tête. »

Présages épouvantables! puériles sauves-gardes:

« Ne point laisser entrer dans tout ce qui est l'État... Ne pas recevoir dans la place... Ne pas donner d'armes ni de droits... Ensuite, ne donner ni droits politiques ni armes nationales... Enfin, ne donner point des droits politiques, des armes nationales... Encore une fois, point de droits politiques.

Peut-être, avec la puissance d'un, contre la puissance de cent, la théorie aurait peine à passer en pratique.

Mais le curieux, le merveilleux, le miraculeux, le prodigieux, c'est qu'en tout ceci, la classe moyenne, la bourgeoisie, est censée composer à elle seule la société moderne, est censée disposer à son gré de la masse nationale.

Nul n'a de droit que par un don de sa grâce : jusqu'à l'existence, tout vient par octroi.

La *Gazette* n'a-t-elle pas découvert que Louis XVIII a fait une fausse restauration, a-donné induement la charte,

Il fallait bien chercher autre part le pouvoir suprême, souverain; et la bourgeoisie, la classe moyenne, a été installée en son lieu et place.

Là, est la tête; ailleurs, partout, ce n'est que la queue.

DISCOURS (10 déc.)

Passons à l'orateur qui craint tant *la disette du pain*, et ne craint pas du tout *la disette de sel.*

Au préalable, un argument tout-à-fait amical et vraiment fraternel est à lui présenter.

« La somme pourrait, je crois, être fixée à 3,000 fr. de contributions directes, laquelle représente une fortune de 30,000 livres de rente... Oui, MM. il en est ainsi dans nos pays, et j'émets l'opinion qu'il n'y a pas nécessité de tenir au chiffre de 5,000. » (*M. Dupin aîné*, 14 octobre 1831.)

D'où il apparaît en une façon éclatante, aux yeux de tant de gens stupéfaits, ce que chacun savait entre ame et conscience, ce que nul ne disait de la langue à l'oreille.

En somme, par moyen terme, la terre n'est taxée qu'au dixième du revenu.

Et moins qu'en France autrefois, avec les rentes

et droits, avec les dîmes et corvées; et moins qu'en Angleterre à présent, avec la dîme du culte et la taxe des pauvres.

A-t-on peur que ce soit trop?

Le débat porte sur le montant de 30 centimes, sur la charge de quarante-cinq millions; laquelle aurait été réduite à 20 centimes ou trente millions, somme suffisante pour couvrir le déficit résultant de la taxation du sel à dix francs par quintal.

L'impôt total est de deux cent cinquante millions, ou du dixième de deux milliards cinq cent millions.

L'impôt serait de deux cent quatre-vingt millions ou du neuvième de deux milliards cinq cent millions.

Et l'impôt ne frappe que sur le revenu, ne prend que sur la dépense; attendu que sauf les terres manœuvrées à bras, il n'y a pas un vingtième du sol cultivé par les propriétaires.

Ainsi que l'a démontré le dernier orateur, avec tant de justesse et d'évidence, qu'il n'y a eu d'autre moyen de le réfuter, qu'en couvrant sa voix avec le gros bourdon des cris du centre.

Ici revient à l'esprit, le calcul exposé par le premier orateur, et déja présenté à la tribune par le comte de Thiars, en 1829, et auparavant imprimé, publié, distribué par quelqu'un qui se nomme aussitôt, de ce sommé.

Calcul si clair, si net, si bref, que, sur aucun

banc, il n'est député qui ne l'ait d'abord compris: sauf, et peut-être encore, l'orateur qui a tenté de le foudroyer des traits de son éloquence.

Le calcul est tout en chiffres, chose assez rare dans l'argot bursal; à l'exception de certaines bases, sur lesquelles le débat est libre de s'évertuer, sans altérer en rien la conclusion.

On dit trente-deux millions d'habitans; on dit vingt millions de propriétaires: *concedo.*

Il reste donc douze millions de prolétaires: et si ce nom, déja assimilé à celui de barbares et d'esclaves, ne vient pas à être dégradé jusqu'à celui de Parias, quelque prix doit être mis à ce qu'ils se trouvent, au moyen de la mesure, dégrevés ou déchargés des deux tiers et plus de la taxe du sel.

Or, chaque famille de propriétaires est, l'une dans l'autre, de cinq individus.

Et, comme les bouillies et patates et châtaignes, en absorbent prodigieusement, sans parler des viandes, des beurres, des fromages, chaque individu consomme, par terme moyen, 15 livres de sel.

Et la livre de sel coûte, en sus du prix naturel, trois sous pour l'impôt; ensuite près d'un sou pour les risques de déchet, supportés par le marchand.

Et la dépense en somme, sauf pourtant qu'on se prive de cet objet de première nécessité, se monte par tête à 3 francs environ, et par famille à 15 francs.

Sur quoi il est question, en réduisant l'impôt à un sou par livre, d'accorder à la famille, la remise de dix francs pour l'impôt, et de deux francs à peu près pour le coût du déchet, qui deviendrait peu important au taux d'un sou.

Le gain serait de 10 à 12 francs par an : modique somme pour tel et tel qui, tranquille et joyeux dans Paris, laisse récompenser les talens les plus éminens, par 15 et 20,000 francs de traitement.

Somme immense pour quiconque a daigné effleurer de quelque éclair de lumière, cette sphère obscure, où l'esprit humain marche à tâtons et avance à reculons.

Onze francs, voilà le bénéfice ; un huitième en sus, voilà le sacrifice.

Justement à la cote de 88 francs, le sacrifice variable équivaut au bénéfice constant.

Au-dessus de cette cote, il y a recharge, en raison directe de l'intensité des moyens.

Au-dessous de cette cote, il y a décharge, en raison progressive de l'exiguité des moyens.

COMMENTAIRE.

« Je vous demande la permission de dire que sur un peuple de trente-deux millions d'habitans, nous ne voulons pas accorder que le nom peuple ne s'applique qu'au douze millions qui ne possèdent rien et non pas aux vingt millions qui possèdent quelque chose.

« Vous réclamez sans cesse l'égalité des droits : nous réclamons aussi l'égalité des dénominations ; et quand on viendra parler du peuple, nous voulons qu'on en parle sans division. »

C'est-à-dire que l'orateur tient fort à faire partie du peuple, lui et les siens : au moins quand il y a à ne pas payer.

« Celui qui possède cent mille francs de rente aurait à payer un surplus de six mille francs : je ne le plains nullement. »

C'est bien heureux !

« Mais celui qui n'a que mille francs de rente, et qui, avec ce modique revenu, est obligé de satisfaire à tous les besoins de sa famille, lorsqu'il devra payer soixante francs de plus, éprouvera une charge énorme. »

Enorme est un peu luxurieux en expression : que dirait-on de celui qui n'a que cinquante francs de rente et qui paie quinze francs pour la taxe du sel ; le tiers au lieu du dix-huitième.

« Je plaide, en ce moment, la cause du plus petit propriétaire, et si vous trouvez qu'un revenu de mille francs soit trop élevé, je descendrai plus bas encore ; quoique cependant ce soit le dernier degré de l'échelle. »

Faut-il croire à la version du *Môniteur* ?

« Je parle ici du peuple, non pas du peuple qui ne possède rien, mais du peuple qui possède, quelque peu qu'il possède. (Très bien, très bien.) »

Ici on ne parle pas du peuple sans division; on reconnaît un peuple qui possède, un peuple qui ne possède pas. L'éducation se fait.

« Songez que si vous faites payer à celui qui ne possède que mille francs de revenu, les centimes additionnels, vous lui retirez peut-être de quoi vêtir deux de ses enfans. »

Songez qu'en faisant payer à celui qui n'a que cinquante francs de revenu, la taxe du sel, vous lui retirez sans doute de quoi nourrir un de ses enfans.

« Vous voulez grever l'agriculture avec la pensée fixe d'atteindre les grands propriétaires : mais il y a quatre millions de propriétaires qui ne possèdent que deux ou trois hectares de terrain, ou même un seul hectare de terre.

« Si vous augmentez l'impôt, que feront-ils ? »

Sans doute l'orateur n'était entré dans la salle qu'après le discours précédent, où il était si clairement établi qu'au-dessous de la cote de cent francs, il y avait bénéfice.

Tout l'embarras est de connaître ce qu'ils feront de ce bénéfice ?

« Je veux vous démontrer combien ces prétendus avantages qu'on veut faire au peuple peuvent lui être funestes. (Ah ! ah ! laissez donc.) »

Funestes ! ! ! ! Est-ce au peuple qui ne possède pas et qui sera déchargé sans être rechargé ?

Est-ce au peuple qui possède et qui sera déchargé plus que rechargé ?

« Je mettrais de préférence un impôt sur les vins plutôt que sur les blés, parce qu'après tout, le peuple peut se passer de vin, et qu'il ne peut se passer de pain. (Très bien ; très bien.) »

Cela sera plus facile à démontrer.

« On a fait tout à l'heure des calculs pleins d'erreurs sur l'impôt du sel : l'impôt est de soixante millions ; il y a trente-deux millions d'habitans ; ce n'est pas tout-à-fait deux francs par tête. »

Il n'est parlé ici ni de l'augmentation du prix en raison du déchet, ni de la plus forte consommation des campagnes.

« Ce qui fait par semaine, pas tout-à-fait trois liards... C'est une économie de la huitième partie de trois liards par semaine... Le dégrèvement monte à la huitième partie d'un liard par semaine, ou à la quarante-huitième partie de trois liards, et enfin à la seizième partie d'un liard chaque jour. (On rit.) »

Certes, le talent de liarder se montre ici au degré le plus éminent : si bien que le pauvre *Moniteur*, peu fait au métier, met sens dessus dessous tous ces liards.

Pour mieux dire en ce genre, la taxe du sel coûte à la famille, 12 ou 15 francs par an, 240 ou 300 sous, 1,000 ou 1,200 liards, 3,000 ou 3,600 deniers.

Et pour dire quelque chose, elle coûte la valeur

de 15 à 25 journées de travail, autrement, le vingtième ou le douzième du salaire de son chef (1).

« Croyez-vous qu'il soit possible d'augmenter l'impôt sur l'agriculture sans que le prix des produits de la terre augmente en même temps....

« Augmenterez-vous l'impôt sur l'agriculture ? Vous augmenterez le prix du blé et du pain....

« Trente centimes de plus sur la propriété foncière équivalent à trente centimes ajoutés sur le prix de la façon....

« Les trente centimes additionnels sont véritablement un impôt sur le blé. On propose en réalité de mettre un impôt sur le pain....

« Si dans d'autres pays on produit du blé meilleur marché, savez-vous pourquoi ? c'est parce que l'on y paie très peu de contributions.

« Le seul moyen de forcer ces peuples à vendre plus cher, serait d'augmenter leurs impôts....

« Si vous surchargez les impôts fonciers, vous ferez payer au peuple le pain plus cher.

---

(1) « M. Charles Dupin, dans un discours remarquable de logique et de netteté, a établi que surcharger la propriété foncière, c'était écraser, non pas les grands propriétaires, mais précisément les petits propriétaires, ou le peuple; et qu'en outre, l'effet immédiat de ces surcharges, c'était de renchérir la plus nécessaire de toutes les denrées, le blé. » (*Débats*, 11 décembre.)

Dieu garde des dîners d'amis, des concerts d'amateurs, surtout des éloges de compères !

Puisque la Tribune interroge l'Opinion, jusque-là timide et modeste, elle osera faire sa profession de foi en deux points :

1°. L'impôt foncier ne pèse point sur l'agriculture, ou plutôt sur la culture : par la simple raison que l'agriculteur ou le cultivateur, s'il est à titre de bail, ne débourse point l'impôt, ou du moins est remboursé de ses avances ;

Et que le laboureur propriétaire n'achète ni ne vend de blé : sans dire que, par la mesure proposée, il palpe un bénéfice, au lieu de subir un sacrifice.

2°. Quant au prix du blé, l'impôt, quel qu'il soit, ne force point et même ne permet point d'augmenter le taux de la vente.

Attendu que la loi du marché ne s'établit nullement par la volonté du vendeur, ne se conforme nullement au coût de la production ; comme il apparaît par l'impuissance des fabricans d'élever le tarif du salaire à raison des besoins de l'ouvrier.

A l'égard de toute marchandise, et surtout en fait du blé, qui coûte et perd à garder, le prix du marché est réglé en raison combinée de la quantité des offres et de l'étendue des demandes.

Simples paroles, que nul écolier en économie politique ne manque d'entendre, sauf en France, peut-être ; et qui suffisent pour mettre à bas, cet échafaudage d'assertions, d'allégations réitérées sous formes diverses, et soutenues par aucunes preuves.

Ce n'est pas tout.

Généralement la recharge ne frappe que sur les propriétaires qui afferment leurs terres, lesquels vivent du revenu.

Au lieu que la décharge porte sur les propriétaires qui labourent, et sèment, et récoltent; lesquels vivent du produit.

Car jusqu'à la cote de quatre-vingts francs et plus, il y a bénéfice dans le remplacement de la taxe du sel, aux deux tiers, par l'impôt foncier.

Ce qui, sans nul doute, va droit au cœur de l'homme d'État.

Ce n'est pas tout.

Certainement, le sel est bon à quelque chose: comme, par exemple, à assainir la nourriture de l'homme, et, en cette façon, à accroître ses forces productives.

D'où le travail tend à opérer plus, et à coûter moins; de sorte à diminuer le prix de l'œuvre.

Comme, par exemple, à nourrir, élever, engraisser le gros et menu bétail.

D'où le prix de la viande baisse, et, par son emploi, fait fléchir le cours du pain.

D'où les moyens de culture augmentent, et, avec leur aide, font accroître la masse du blé.

Comme, par exemple, à mêler aux fumiers, à relever leur puissance procréatrice.

D'où encore, la masse du blé devient plus forte;

et par suite, sauf que l'orateur n'y mette opposition, la valeur du pain devient de plus en plus faible.

En vérité, au sujet de la taxe du sel, dont vainement on tente de faire une question, les principes sont de telle évidence, les motifs sont en telle abondance, qu'à la fois on est honteux de prendre la peine de répondre, et on est gêné de faire un choix entre tant de réponses.

Finissons. C'est battre un ennemi à terre.

Et déja on a vu qu'après le discours concluant de M. de Tracy, une bouche peu économe de paroles, a décliné les hasards de la réplique.

Et encore, on verra comment, après l'article du Journal du Commerce, qui traite à fond ce sujet, et qui le résout avec les argumens de l'orateur même, il faudra se réfugier en l'asile du silence.

FIN.

Cependant le débat ne venait pas en son lieu, de même que le projet arrivait hors de propos.

Soit hasard, soit calcul, la discussion du budget ayant été retardée, il fallait bien accorder des douzièmes provisoires.

Et cette pauvre chicane, de ne consentir que deux douzièmes au lieu de trois douzièmes, n'a servi qu'à montrer à la fois, et la faiblesse des partis et la faiblesse des esprits.

Mais à quel titre, par quelle cause, au moins de

nature à être avouée, s'est-on imaginé de mentionner que les trente centimes de l'impôt foncier ne seraient pas exigibles ?

Comme si cet impôt étant annuel d'après la charte, ne se trouvait pas forclos de plein droit au premier janvier 1832.

Au reste, qu'importent les fausses manœuvres et les vains plaidoyers ?

La loi est irrévocable. Désormais plus de retours, à peine des retards !

Aussitôt que le vice a été porté à la lumière, il faut que de sorte ou d'autre, que par accord ou par force, le vice soit extirpé.

C'est affaire conclue. De même qu'en Angleterre, la taxe du sel est comme abolie, est comme non advenue (1).

---

(1) Il n'est nullement entendu que ce soit plutôt au moyen de la surtaxe de l'impôt foncier, qu'à l'aide de tout autre impôt, ou par l'épargne de l'amortissement.

Même il n'a pas été adroit de mettre face à face, la décharge de la taxe du sel, vis-à-vis la recharge de l'impôt des terres.

Toute taxe doit être jugée en elle-même. Lorsqu'elle est condamnée, on pourvoit au remplacement par la voie la moins fâcheuse.

Et au besoin, on ne craint point d'encourir pour l'année un déficit qu'il est si facile de couvrir par les moyens de crédit.

Non sans doute sans faire crier, mais aussi en laissant crier, les gens dits de finance, qui se croiraient damnés si les recettes n'étaient alignées avec les dépenses.

En vain l'homme si frêle se débat sous le coup menaçant. Il lui appartient par sa folle résistance, de se faire briser, écraser : rien de plus.

Tout gouvernement, tout cabinet à venir, ne peut manquer, ne peut même tarder d'alléger, ou plutôt d'abroger cette taxe.

Seulement le gouvernement, le cabinet actuel, a le choix; ou de lui renvoyer la mission à remplir, non sans hâter l'époque de son avènement.

Ou de remplir lui-même la mission accompagnée de tant d'autres, de manière à se fortifier, à se consolider, et à reculer le terme du remplacement.

Journal du Commerce, 12 *décembre* 1831.

C'est un devoir pour nous de signaler à la France les misérables sophismes que l'on a mis en avant pour justifier la résolution ayant pour but de consacrer l'iniquité d'un dégrèvement accordé à la seule propriété foncière, lorsque les classes laborieuses succombent sous l'énormité des charges qui les accablent par privilège. Tout cela ne mériterait pas l'honneur d'une réfutation, si des inepties révoltantes d'absurdité n'avaient acquis une déplorable importance par l'assentiment non équivoque qu'elles ont obtenu de la part d'une majorité qui a l'honneur de représenter, au moins légalement, le peuple le plus spirituel et le plus éclairé de l'Europe.

M. le baron Dupin a prétendu que la cause des propriétaires était celle du peuple lui-même : il est vrai qu'il a ajouté : « Je parle ici, non pas du peuple qui ne possède « rien, mais du peuple qui possède, si peu qu'il possède. » Ce qui revient à dire que les intérêts de la propriété sont ceux des propriétaires. Et la chambre a crié : *Très bien ! très bien !* Mais pourquoi ne parlez-vous pas de ceux qui ne possèdent rien, quand il est question des misères à soulager ? Si vous en êtes au point de les assimiler aux nègres de nos colonies, comme l'a fait le *Journal des Débats*, à la bonne heure : mais alors laissez là les raisonnemens et prenez en main le fouet du commandeur, si vous vous sentez de force à le manier.

M. le baron Dupin a beaucoup simplifié sa tâche en éliminant de la question 15 millions de Français qui n'ont pas un pouce de terre au soleil : mais a-t-il du moins réussi à prouver que le système qu'il préconise est dans l'intérêt du petit propriétaire ? Laissons-le parler : « Re-« marquez que le petit propriétaire a toute sa part des « impositions ordinaires à payer pour la consommation « de sa nombreuse famille. » Eh bien, qu'y a-t-il donc à faire ? à calculer les charges comparatives de l'impôt foncier et de l'impôt de consommation, et à voir la part qu'en acquittent le grand et le petit propriétaire. Supposez l'impôt foncier augmenté d'un dixième et les propriétaires exemptés en échange de l'impôt du sel dont ils acquittent probablement la moitié : qu'arrivera-t-il ? Nous laissons parler un auteur qui a traité la question sous toutes ses faces, M. de la Gervaisais (1).

« La capitation exercée par les voies de la taxe du sel est de 12 fr. par famille.

« D'où, pour les cotes de 20 fr., il y aurait 2 fr. de recharge, 12 fr. de décharge ; bénéfice 10 fr.

« Pour les cotes de 40 fr., 4 fr. de recharge, 12 fr. de décharge ; bénéfice 8 fr.

« A la cote de 120 fr., la recharge étant de 12 fr. et la décharge de 12 fr., il y aurait balance.

« A la cote de 240 fr., il y aurait sacrifice de 12 fr. ; à la cote de 480 fr., sacrifice de 36 fr. ; à la cote de 960 fr., sacrifice de 84 fr.

« La perte commence à pouvoir être chiffrée à la cote de 240 fr., sur une fortune de 1,500 fr. dont un tiers étant disponible est réduit de 500 fr. à 488 fr.

---

(1) Ce calcul partait de la supposition que l'abolition de l'impôt du sel, serait balancée par la recharge de l'impôt foncier et par celle de l'impôt mobilier. (Voir *La Matière imposable, la Limite de l'impôt.*)

« La perte devient d'un certain poids en apparence à la cote de 960 fr., sur une fortune de 6,000 fr., dont les deux tiers étant disponibles sont réduits de 4,000 fr. à 3,916 fr.

« Et le gain, à la moyenne cote de 20 fr., sur un bien de 120 fr., est de 10 fr. qui ne tombent pas même en disponibilité, qui remplissent à peine quelque vide des nécessités. »

M. Dupin a prétendu que les nouvelles taxes perçues par voie de quotité, étant à la charge des propriétaires, il fallait par compensation dégréver l'impôt foncier. Eh quoi! l'impôt personnel que l'on demande à tout homme qui n'est pas réputé indigent, l'impôt mobilier et celui des portes et fenêtres qui pèsent sur les logemens, sont des taxes assises sur la propriété! Est-ce ignorance ou mauvaise foi?

. . . .

« M. de Tracy a parfaitement réfuté la confusion banale de la propriété avec l'agriculture que M. Dupin a essayé de renouveler. Nous n'en parlerons que pour renvoyer cet orateur à la lecture des écrits de tous les agronomes compétens, des Thaër, des Mathieu de Dombasle, qui sont d'accord pour déclarer que l'impôt foncier n'intéresse que peu ou point l'agriculture, dont la prospérité est, d'après eux, fortement entravée par les impôts de consommation. Mais ce qui est tout-à-fait nouveau, ce qui appartient en propre à M. Dupin, c'est cette assertion étrange que l'augmentation de l'impôt foncier fait augmenter le prix du pain. Il est vrai qu'il ne l'a pas prouvée; mais il la démontrera, dit-il, à qui voudra la contester. Ceci nous dispense d'une dissertation fastidieuse pour prouver que l'impôt foncier ne figure nullement parmi les frais de production du grain; que son unique effet est de réduire le revenu net du propriétaire, revenu qui ne provient point de son travail; que les salaires étant l'élément principal des frais de production des denrées du sol, les impôts assis sur les consommations indispensables, en commandant l'élévation des salaires, renchérissent la production du blé et en élèvent le prix, tandis que l'impôt foncier n'y fait absolument rien. Nous pouvons faire usage à l'appui de ceque nous disons d'une méthode dont M. Dupin a fort souvent abusé dans sa vie, mais dont il sera d'autant moins fondé à contester l'application que nous nous servirons de ses propres chiffres. Depuis 1790, l'impôt foncier a été en progression décroissante, et les impôts de consommation en augmentant: le prix du pain aurait donc dû diminuer, et cependant il est arrivé tout le contraire. Comparez plutôt ce qui est advenu aux trois époques de 1790, 1815 et 1830.

	Principal de l'impôt foncier.	Prix du pain, selon M. Dupin.
1790	—— 240 millions.	—— 23 centimes le kil.
1815	—— 172	—— 30
1831	—— 154	—— 33 1/2.

Mais à quoi bon réfuter M. Dupin? Ne suffit-il pas, pour mettre la France en état de juger de son discours d'hier, de rappeler ce qu'il disait lui-même avant d'être engagé aussi avant qu'aujourd'hui dans les liens du pouvoir? Ce rapprochement nous importe, pour nous justifier d'avoir autrefois parlé avec éloge des opinions de M. Dupin, et d'être entrés dans la conspiration des journaux, pour lui faire une renommée de philanthrope et d'économiste. M. Dupin a prétendu hier que l'impôt foncier était plus onéreux au peuple que les impôts de consommation. Or, voici ce qu'il disait le 16 mai 1829:

« J'appellerai l'attention de la chambre sur les mesures financières dont les effets parmi nous peuvent être réparés, et je montrerai leurs rapports avec les souffrances actuelles de la population.

« Deux faits principaux influent depuis plus de dix années sur le sort de la population.

« Le premier est l'accroissement graduel des impôts indirects.

« Le second est la réduction successive des impôts directs.

« Depuis 1818 jusqu'à 1828, les contributions qui pèsent sur les industries, sur les capitaux et sur les consommations, se sont accrues de 116 millions, soit par l'aggravation des taxes, soit par les progrès de l'activité sociale.

« Dans ce même laps de temps, les contributions directes assises sur les propriétés ont été degrevées de 52 millions.

« Au milieu de cette grande révolution financière, la population laborieuse augmentait en nombre, et pendant dix années elle s'est augmentée de 2 millions d'ames..... Pendant le même laps de temps, les consommateurs ont payé, par delà le taux des impôts publics et des octrois de 1818 pris pour base, et par delà tous les décimes de guerre soigneusement conservés depuis la paix, ont payé, dis-je, en surplus d'impôts, 700 millions de francs!

« Lorsque la Charte a voulu que les seuls propriétaires eussent les droits politiques de l'électorat et de l'éligibilité législative, elle a pensé sagement qu'elle confiait la puissance à des hommes généralement intéressés au maintien de l'ordre social. *Mais ces hommes intéressés avant tout à l'accroissement de leur bien-être personnel, ne peuvent-ils pas s'aveugler au point de favoriser les progrès de leur fortune, aux dépens du reste de la société?...*

« Je ne crains pas de montrer cette *turpitude* au grand jour devant la chambre actuelle, parce que, j'aime à le penser, vous réprouvez *d'aussi bas sentimens et cette insolente cupidité.* »

DE L'IMPRIMERIE D'A. PIHAN DELAFOREST,
rue des Noyers, n° 37.

www.ingramcontent.com/pod-product-compliance
Ingram Content Group UK Ltd.
Pitfield, Milton Keynes, MK11 3LW, UK
UKHW021039200726
13857UKWH00005B/1818

9 782011 786852